OS PERIGOS DA NATUREZA

Josep Palau e Rosa M. Curto

Ciranda Cultural

Veja aquelas nuvens escuras se aproximando! Elas parecem assustadoras...
 Quando o céu escurece dessa maneira quer dizer que uma grande tempestade está por vir. Você viu aqueles fachos de luz que brilham lá longe? Precisamos sair da floresta e voltar para casa depressa ou seremos pegos por uma pancada de chuva.

Ufa! Ficamos encharcados, mas conseguimos chegar em casa. Ao olharmos pela janela, podemos ver muitos raios se espalhando no céu. Podemos também ouvir os trovões. Cabrum! Esse trovão foi mesmo muito forte. Deve ter estourado perto daqui. Por sorte, já estamos dentro de casa, bem protegidos da tempestade.

Plic! Ploc! Ficamos ensopados e se não nos secarmos logo, poderemos pegar um resfriado. O jeito é nos sentarmos perto da lareira. Vou mostrar-lhes algumas lindas imagens enquanto essa chuva não passa. Elas mostram a força da natureza quando está brava. A natureza é preciosa, mas quando se enfurece, pode se tornar muito perigosa!

Isto é um furacão: uma grande tempestade que se forma no oceano. Quando visto do céu, parece uma imensa espiral. Ao se aproximar da costa, sua força gera ondas enormes e o vento tira tudo do lugar: árvores, carros, casas... O furacão desta imagem foi chamado de Mitch. Ele atingiu a costa de Honduras, na América Central, causando muita destruição.

Os tornados, comuns na América do Norte, são menos intensos que os furacões, mas os dois podem ser muito violentos. O vento forma uma espiral a partir de uma nuvem e chega ao chão em alta velocidade, como se fosse um pião gigante. Os tornados giram velozmente, engolindo tudo o que encontram: árvores, semáforos, animais... Eles são como enormes aspiradores de pó!

Por outro lado, a falta de água também gera desastres naturais: as secas. A água é essencial para a vida, mas há várias regiões do mundo em que chove bem pouco, ou nem chove. Sem água, os rios secam e plantas e animais morrem de sede.

Você consegue imaginar como seria se não chovesse por muitos meses? Se não houvesse água ao abrir as torneiras? Se você não pudesse tomar nem mesmo um copo de água por dia? Esta é a situação de muitos países da África...

A natureza não mostra que está brava só quando o céu se move, mas também quando a terra treme. Os terremotos são movimentos fortes, repentinos e rápidos da terra.

Esta imagem mostra o estrago de um terremoto que aconteceu no Haiti, no mar do Caribe. Muitas construções caíram em questão de segundos e diversas pessoas perderam seus lares. Veja o que aconteceu ao palácio presidencial: ficou em ruínas!

Alguns terremotos acontecem no fundo do mar e formam ondas gigantes. Essas ondas são chamadas de tsunamis e, quando atingem a costa, são extremamente destrutivas. Considere que essas ondas podem ser tão altas quanto um prédio! Um dos tsunamis mais devastadores de que se tem conhecimento atingiu a ilha indonésia de Sumatra, na Ásia. A água do mar invadiu a terra com tanta força que as ruas pareciam rios!

Os vulcões e os incêndios florestais também podem resultar em grandes desastres naturais. Eles são capazes de destruir cidades inteiras! Vários séculos atrás, a cidade de Pompeia foi incendiada e completamente coberta por cinzas após a erupção de um vulcão próximo, o monte Vesúvio. Mais recentemente, um violento e incontrolável incêndio tomou as florestas da Califórnia, nos Estados Unidos, e queimou muitas casas nas cidades de San Diego, Los Angeles e Hollywood. Você consegue imaginar sua casa em chamas? Seria muito triste, não é?

Entretanto, não é apenas a natureza a responsável por todos esses desastres. Os seres humanos também têm sua parcela de culpa, pois constroem cidades cada vez maiores e mais populosas, que consomem muita energia e recursos naturais. É claro que podem acontecer mais secas se o consumo de água continuar aumentando em todo o mundo. Como não seremos atingidos por furacões e terremotos se a cada dia há muito mais pessoas no planeta?

Além disso, a fumaça das fábricas e dos veículos contribui para aumentar a frequência dos desastres "naturais". Essa emissão de gases colabora com o efeito estufa, que aumenta a temperatura do planeta. Esse aumento parece estar mudando o clima em todo o mundo. É por isso que furacões, secas e incêndios têm se tornado mais frequentes e devastadores.

Não é possível evitar o acontecimento de desastres naturais. Sempre houve furacões, tornados, terremotos, erupções vulcânicas e incêndios. Contudo, podemos prevê-los com alguma antecedência para reduzir o impacto que causam.

  Por esse motivo, diversos países possuem programas de prevenção de desastres. Nos Estados Unidos, muitas cidades construíram abrigos nas casas para proteger os moradores de tornados. No Japão, os arranha-céus são capazes de suportar as vibrações de terremotos intensos.

Mas há muitos países no mundo que não têm condições de tomar tais medidas. É por isso que a ajuda internacional é tão importante quando um grande desastre desses acontece. Depois do terremoto no Haiti, muitas organizações ajudaram os sobreviventes a construir novamente suas casas. Quando alguém precisa de ajuda, você não deve dar as costas, e sim dar-lhe a mão e tentar ajudar.

Os desastres naturais nos ensinam que devemos entender e respeitar o meio ambiente. A natureza pode nos dar grandes tesouros, mas também pode tirá-los de nós se não cuidarmos bem deles. Olhe pela janela, o sol voltou a brilhar. Vamos continuar o passeio pela floresta?

ATIVIDADES

Gota a gota

Você vai precisar de:
- um balde
- um recipiente para medição
- um relógio

O que fazer?

Abra a torneira e lave as mãos. Feche a torneira, mas deixe-a pingando. Coloque o balde debaixo dela e observe o relógio. Depois de uma hora, feche a torneira e use o recipiente medidor para averiguar quanta água há no balde. Essa é a quantidade de água que você irá desperdiçar se não fechar a torneira corretamente.

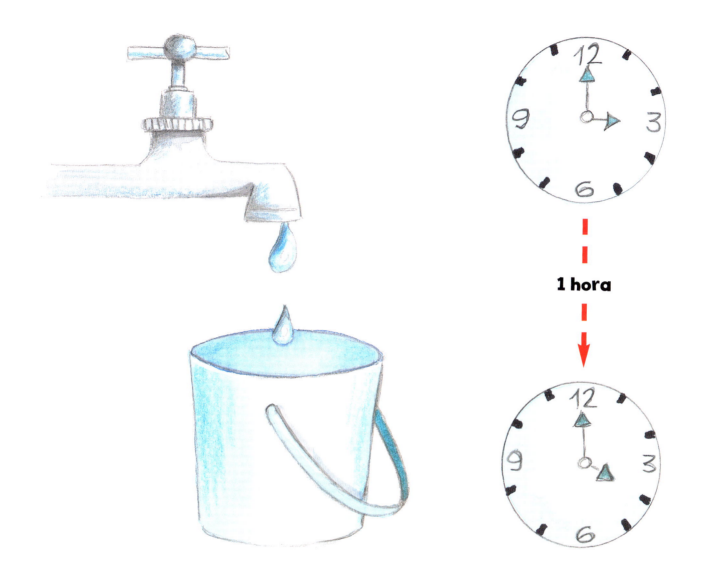

Imagine...
Você consegue imaginar quanta água seria desperdiçada se você deixasse a torneira pingando o dia todo? Ou uma semana inteira? Ou um mês? E um ano? Seria um grande desperdício de água, não seria?

Água é vida
Quando chove pouco em um país, os rios secam, as plantas murcham e os animais morrem de sede. Isso é chamado de seca. A água é um tesouro muito precioso, por isso, toda vez que você encontrar uma torneira pingando, feche-a!

Iluminando a casa

Para fazer este experimento é importante ter o acompanhamento de um adulto.

Você vai precisar de:
- uma forma de alumínio
- um lápis
- cola
- uma meia de lã
- um par de luvas de plástico
- uma placa de isopor

Preparando o material
Vá a um cômodo da casa que possa ficar escuro e que tenha uma mesa no centro. Cole o lápis na forma de alumínio, formando um ângulo reto e deixe secar. Certifique-se de que será possível levantar a forma apenas segurando o lápis.

O que fazer?
Vista as luvas de plástico. Esfregue a meia de lã na placa de isopor e coloque-a sobre a mesa. Então, pegue a forma de alumínio segurando pelo lápis e posicione-a sobre o isopor. Não toque a forma com as mãos!

Mas onde está a luz?
Tire as luvas, apague todas as luzes do cômodo e aproxime lentamente o seu dedo indicador da forma de alumínio. Você viu o brilho? São raios em miniatura!

O Escritório das Nações Unidas para Coordenação de Assuntos Humanitários (OCHA) **define como desastres naturais os fenômenos geológicos, atmosféricos e/ou meteorológicos que danificam de alguma maneira as estruturas demográficas, econômicas e sociais de um determinado grupo de pessoas.** Foi isso que aconteceu quando o Monte Vesúvio entrou em erupção e queimou as cidades de Pompeia e Herculano, em 79 a.C.; quando um terremoto atingiu Lisboa em 1755, arrasando a esplêndida capital portuguesa; ou em 2006, com o devastador tsunami da Indonésia.

O poder desses fenômenos tem aumentado e a principal razão disso é o crescimento da atividade humana em todo o planeta, que altera o equilíbrio natural. A consequência da emissão de dióxido de carbono, por exemplo, é a mudança climática. Os meios de comunicação nos informam constantemente a respeito de terremotos que destroem comunidades inteiras, desmoronamentos que soterram casas e furacões que devastam cidades. Parece que a mãe natureza está começando a reclamar das nossas ações...

Contudo, o fato de que os fenômenos naturais estejam se tornando mais perigosos para a sociedade não tem relação apenas com a sua intensidade, mas também com a existência de mais coisas para serem destruídas. Fenômenos com um alto potencial destrutivo sempre existiram, mas o crescimento exponencial da população por todo o mundo e toda a situação estrutural de pouco desenvolvimento em que grande parte das pessoas tem vivido desde o século passado pode explicar os desastres que são notificados frequentemente pelos meios de comunicação.

O terremoto e os furacões que devastaram o Haiti em 2010 atingiram um país empobrecido e sem condições de superar tais desastres. A ajuda internacional pôde melhorar um pouco a situação, reduzindo o impacto do desastre.

Este livro busca conscientizar os pequenos leitores sobre a participação do ser humano nos desastres naturais. Sem programas de ajuda para promover melhorias ao desenvolvimento humano por todo o planeta, grandes desastres naturais vão continuar provocando enormes danos a comunidades desprovidas de recursos para se protegerem. Muitos desastres naturais atingem cidades desenvolvidas, que se encontram em áreas seguras, sendo capazes de suportar as forças da natureza e até mesmo prever os acontecimentos. Nesse sentido, a atividade "Gota a gota" visa levar o leitor a ter cuidado e consciência sobre a importância dos recursos naturais e do meio ambiente, de maneira a evitar ser pego despreparado por uma situação excepcional. Desperdiçar recursos naturais é ruim e, assim, eles podem faltar quando forem necessários.

A partir desse ponto de vista, este livro tenta explicar os principais fenômenos naturais, bem como as sérias consequências que geram em diferentes sociedades, expondo fatos sem nenhum tipo de drama. Os fenômenos naturais têm um poder destrutivo imenso, mas ao mesmo tempo são extremamente fascinantes. A atividade "Iluminando a casa" busca encantar os pequenos leitores com o poder da natureza e alertá-lo sobre seu enorme potencial.

O que podemos fazer? – Os perigos da natureza

© 2012 Gemser Publications, S.L.
Texto: Josep Palau i Orta
Ilustrações: Rosa M. Curto
Projeto gráfico: Gemser Publications, S.L.

© 2013 desta edição:
Ciranda Cultural Editora e Distribuidora Ltda.
Al. Rio Negro, 585 – Bloco B, 4° andar, cj. 42
Alphaville – 06454-000 – Barueri – SP – Brasil
Direção geral: Clécia Aragão Buchweitz
Coordenação editorial: Jarbas C. Cerino
Assistente editorial: Denise Comim Fernandes
Tradução: Michele de Souza Barbosa
Preparação: Vanessa Romualdo Oliveira
Revisão: Érica Diana da Silva e Daniel Dias
Diagramação: Sabrina Junko Nakata

1ª Edição
www.cirandacultural.com.br
Todos os direitos reservados. Nenhuma parte desta publicação pode ser reproduzida, arquivada em sistema de busca ou transmitida por qualquer meio, seja ele eletrônico, fotocópia, gravação ou outros, sem prévia autorização do detentor dos direitos, e não pode circular encadernada ou encapada de maneira distinta àquela em que foi publicada, ou sem que as mesmas condições sejam impostas aos compradores subsequentes.